Albert DEVIENNE.

LES

ARTISTES DU NORD

AU

SALON DE 1874

LILLE
Typographie JULES PETIT, rue Basse, 54.
1874.

V

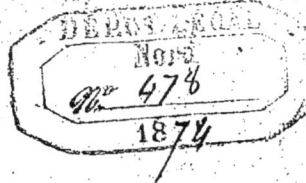

LES

ARTISTES DU NORD

AU

SALON DE 1874.

Albert DEVIENNE

LES

ARTISTES DU NORD

AU

SALON DE 1874

LILLE

Typ. Jules Petit, éditeur, rue Basse, 54.

1874

AVANT-PROPOS

> Devant une critique, le
> fougueux s'emporte, le niais
> s'offense, l'habile cherche le
> bien fondé, le perfectionne-
> ment. LOUIS DÉPRET.

Il serait vraiment curieux de lire, une à
une, les considérations formulées invariablement chaque année sur l'Exposition des
Champs Elysées par les critiques d'art des
dix-huit cents journaux de France. Les op-
timistes trouvent que jamais les Salons pré-
cédents n'ont offert une telle quantité d'œuvres de mérite ; les pessimistes, au contraire, soupirent plaintivement l'éternel :
Où allons-nous ! toujours suivi d'une char-
ge à fond sur les ouvrages exposés.

La vérité, c'est que, depuis un quart de
siècle, toutes nos Expositions artistiques se
ressemblent, ou à peu près. Les maîtres qui
disparaissent sont remplacés par des talents
à leur aurore ; et si le don d'en haut est
dispensé moins largement à la plupart de
nos sommités artistiques, il se partage, par
compensation, entre un plus grand nombre
d'élus.

Sans doute, le culte du grand art devient
rare, et dans la plupart des expositions, la
peinture aphrodisiaque occupe une trop

large place. Mais à qui la faute, si ce n'est au public qui l'encourage de ses préférences marquées ?

Grâce à l'engouement inexplicable des acheteurs pour les œuvres légères, l'artiste est devenu peu à peu commerçant. Il tient boutique de tableaux et de statues ; l'un travaille pour les bourgeois, l'autre pour les filles ; celui-ci vend cher, celui-là bon marché ; et la plupart rêvent, comme avenir artistique, l'exportation américaine.

Que le public revienne à l'amour du beau, et l'élévation de l'idée, l'ampleur de la conception, se retrouveront dans les productions de l'art contemporain.

Il s'est produit cette année, malgré les remaniements introduits dans la réglementation du jury par l'administration des Beaux-Arts, des exclusions regrettables qui ont atteint un grand nombre d'artistes de province, et parmi ces derniers, quelques peintres aimés du département du Nord. Ces exclusions sont d'autant plus inexplicables que, dans les 1,852 tableaux reçus, beaucoup sont inférieurs à certaines toiles refusées que les amateurs avaient pu voir dans les ateliers, avant leur envoi au jury d'examen.

La morale de ceci, c'est que tant qu'il y aura un jury, il y aura des mécontents et des sévérités plus ou moins justifiées.

La variété d'Ecoles, la concurrence, les rigines diverses, et cent autres considérations moins avouables les unes que les autres, influent, plus qu'on ne saurait le croire, sur les décisions du jury. Il suffit

d'un entretien d'une heure avec un artiste
arrivé, aussi peu exclusif qu'il soit, pour
être convaincu de la profonde antipathie
qui règne entre les maîtres des diverses
Écoles et, n'en déplaise aux défenseurs du
système actuel, les membres du jury sont,
comme tous les humains, sujets au parti-
pris, à l'erreur, et subissent, même malgré
eux, des influences de toutes sortes qui nuisent à l'intérêt général.

Je sais bien qu'on m'objectera que le jury
se trouve en face d'une impossibilité maté-
rielle, inexorable : la question de places.
Pourquoi alors, étant donnée l'exiguïté re-
lative des salles du palais des Champs-Ely-
sées, laisser aux peintres la faculté d'exposer
trois tableaux, quand, aux Expositions précédentes, la limite s'arrêtait à deux ?

Il faut, à cette question des plus importante, une réforme radicale, car la respon-
sabilté de l'exclusion des deux tiers de nos
peintres de province remonte infailliblement
au gouvernement, dont le devoir est de pro-
téger tous les artistes, quels qu'ils soient,
depuis le plus célèbre jusqu'au plus obs-
cur ; il ne doit pas se tirer d'affaire en lais-
sant rejeter sur les rigueurs du jury les
nombreuses récriminations causées par ce
regrettable état de choses.

Il paraît, du reste, que toutes les plaintes
qui se sont élevées contre le système actuel
ont décidé l'administration des Beaux-Arts
à laisser, à partir de l'an prochain, les expositions artistiques entièrement libres. Les
artistes y régleront eux-mêmes leurs affai-
res et leurs intérêts en dehors du gouvernement, et comme il est probable que le

suffrage universel des intéressés ne mettra plus de limites au nombre des œuvres destinées au Salon, celles-ci n'auront d'autre contrôle que celui de la faveur ou de l'abandon de la foule.

A côté de cette exposition libre, le ministère des Beaux-Arts aurait, paraît-il, l'intention d'en patronner une seconde, qui serait une sorte de Salon officiel. Un jury sévère, choisi parmi les maîtres reconnus de l'art, n'y accueillerait que l'élite des toiles et des sculptures.

La création de ces deux Salons distincts peut seule, à mon avis, contenter les goûts délicats des *dilettanti* de l'art et satisfaire en même temps les besoins de publicité d'une corporation qui représente tant d'intérêts.

Les artistes de province ne pourront que gagner à cette innovation qui, j'en ai l'espoir, sera prochainement réalisée, quelles que soient les oscillations de la politique et les changements de personnel qui en puissent advenir.

Notre département est représenté au Salon de cette année par cinquante-deux exposants, dont vingt-quatre peintres, cinq dessinateurs, un aquarelliste, dix-huit sculpteurs, deux architectes, un graveur et deux lithographes. Le nombre de leurs ouvrages réunis s'élève à quatre-vingt-treize, soit la quarantième partie des œuvres reçues.

Malgré l'extrême sévérité du jury envers quelques-uns de nos artistes aimés, le département du Nord tient donc encore, parmi les élus, une place digne de son importance et de sa réputation artistique. **A. D.**

LES
ARTISTES DU NORD
AU SALON DE 1874.

Peinture.

=

Pierre Billet, *de Cantin.* — M. Billet partage avec M. Emile Breton l'honneur d'être l'un des meilleurs élèves du maître de Courrières Chaque année, ses envois se font remarquer par des progrès réels qui, pour peu qu'ils aillent *crescendo*, le placeront bientôt au premier rang de nos peintres de genre. Déjà l'une de ses toiles, récompensée l'an dernier par une médaille de troisième classe, figure au Musée du Luxembourg, à côté des meilleures œuvres contemporaines et le jury du Salon, a, tout récemment, ratifié cet honneur fait au jeune artiste, en lui décernant une seconde médaille.

Ainsi que son éminent maître Jules Breton, M. Billet affectionne particulièrement les scènes champêtres, et, comme lui, il sait poétiser avec un rare talent, les paysannes de nos contrées. J'en prends pour exemple sa belle toile : *Les Ramasseuses de bois*, petit chef-d'œuvre de sentiment et de vérité. Ses quatre villageoises sont groupées avec art, sans prétention et sans pose ; le paysage du fond est charmant et la facture en est très savante Les défauts que j'ai reprochés souvent à M. Billet, se sont changés en qualités, grâce à un travail persévérant et bien dirigé. Son tableau, dessiné de main de maître, est peint dans une gamme ardente et sonore qui contraste avec la note glacée, *des Pécheuses boulonnaises*, du musée de Lille. Bien qu'ayant une moindre valeur, sa seconde toile : *Les Fraudeurs de tabac*, a su également mériter les suffrages du public. Une douzaine de chiens, chargés de tabac et conduits par trois fraudeurs, traversent haletants, la frontière Franco-Belge. Au loin, le crépuscule qui s'étend sur la campagne couverte de neige, semble présager quelque lutte sanglante entre douaniers et contrebandiers. Cette scène est saisissante; l'effet de neige est rendu avec un talent que ne désavouerait pas M. Emile Breton, l'un des spécialistes du genre.

*_**

Léon Caille, de *Merville*. — Le seul défaut de M. Caille est de persister à faire petit, alors que son talent sérieux lui permettrait certainement d'aborder un genre plus élevé et plus digne de lui. — Ceci dit, je m'empresse de constater que ses deux petites toiles : *le Poupon* et *la Bouillie*, sont des plus remarquables. —Dans la première, une paysanne fraîche et accorte comme le sont nos nourrices flamandes, allaite un gros bébé, au maillot, qu'elle vient de tirer de son berceau. Rien de ravissant d'aspect comme cet intérieur rustique dont les moindres accessoires sont rendus avec une précision remarquable *La Bouillie* représente un intérieur breton Au premier plan, une jeune mère donne la patée à un petit enfant blond et rose; devant elle, a ses genoux, le père tient le vase de terre contenant la précieuse bouillie. A gauche, la mère grand fait chauffer le souper de la famille sur le poêle rustique, autour duquel se sont contées tant de légendes. Il y a dans cette toiles de très jolis détails ; la figure de la grand'mère est d'une bonne expression ; les meubles bretons sont traités avec une fidélité qui dénote chez M. Caille un remarquable talent d'observateur.

***

Jules Cellier, de *Valenciennes*. — Encore un artiste à qui l'on peut reprocher de faire petit, alors qu'il lui serait possible d'aborder la grande peinture. Un minuscule portrait de femme, grand comme la main, tel est le bilan de ses œuvres pour deux années; car, si mes souvenirs ne me trompent, il n'a pas exposé au Salon dernier. — Heureusement pour M. Cellier que ce portrait rachète son exiguïté par d'excellentes qualités de dessin et de coloris. A ce titre je lui pardonne volontiers, mais à condition qu'il nous donnera prochainement une œuvre digne de lui.

***

Bruno Chérier, de *Valenciennes*. — M. Chérier, qui avait exposé l'an dernier une *Assomption de la Viêrge*, semble avoir, depuis, goûté les douceurs du *farniente* avec le même bonheur que son concitoyen M Cellier. Sa toile, en effet, est une vieille étude exécutée sans doute en Italie, il y a quelques vingt ans Elle possède ce cachet sévère, qui caractérise les œuvres des bonnes écoles italiennes. La facture en est simple et d'un puissant effet.

⁎

Jacques Clère, d'*Anzin*. — Pourquoi M. Clère, qui est un artiste de valeur avec lequel la critique doit compter, s'est-il avisé de peindre un portrait de femme contre toutes les règles du genre : la tête dans l'ombre et le fond très éclairé ? J'avoue qu'il me serait difficile de comprendre ce paradoxe étrange, alors que tous les maîtres, procèdent invariablement d'une façon contraire. Dans le portrait, la figure doit toujours être en pleine lumière et le charmant modèle de M. Clère n'aurait pu que gagner à ce qu'il procédât selon les règles immuables de l'art. Certains détails de ce tableau sont charmants ; la robe de soie marron et les mains sont très finement traitées.

⁎

Léon Comerre, de *Trélon*. — De tous les pensionnaires du département à l'E-cole des Beaux-Arts, M. Comerre est celui dont les nombreux succès font le plus d'honneur à son premier professeur, M. Alphonse Colas, directeur des Ecoles académiques de Lille. Puisque le nom de M. Colas tombe sous ma plume, je lui redemanderai volontiers pourquoi, depuis longtemps, il se tient modestement dans l'ombre. Chaque année, je lui pose invariablement cette question, peut-être indiscrète, espérant qu'il y répondra par un envoi au prochain Salon, et toujours mon espoir est déçu. Si, comme on l'assure, il y a chez M. Colas un parti pris de ne plus exposer, les amateurs ne pourront que regretter sa décision, car les œuvres d'une valeur douteuse sont en telle abondance au palais de l'Industrie, que les artistes de son mérite n'ont pas le droit de s'abstenir dans ces expositions où la critique mesure sévèrement le niveau de l'art contemporain.

Peut-être le sympathique professeur se contente-t-il, à l'heure présente, des douces jouissances que lui procurent les succès de ses élèves. En ce cas, il doit être satisfait cette année, car quelques uns d'entre eux ont été très remarqués. M. Léon Comerre est de ce nombre. Ce jeune artiste fournira certainement une carrière brillante, s'il sait tirer sagement profit de la critique et ne pas être trop sensible aux louanges.

En dehors de ses études journalières à l'Ecole des Beaux-Arts, dont il est un des plus brillants élèves, M. Comerre a trouvé moyen d'exécuter pour le Salon un beau portrait de M. A. Darcq, pensionnaire du département, et une étude intitulée : *Italienne*.

Le portrait, bien campé, bien dessiné, solide de pâte et d'un modelé remarquable, a conquis du premier coup les suffrages des connaisseurs en même temps que ceux de la foule. Bien que le fond soit clair et transparent, la figure, d'une grande ressemblance, se détache avec un relief remarquable. Elle vit et se meut dans son cadre sans la ressource de notes criardes et de sacrifices au mauvais goût. Il n'y a guère à critiquer, et encore c'est là une critique de détail, qu'une sorte de baguette en tapisserie qui coupe en deux le tableau, dans sa partie inférieure.

L'*Italienne* est une fillette de 6 à 7 ans dent le teint pâle, les cheveux blonds et les yeux bleus dénotent plutôt une jeune Greetchen allemande. Adossée à une sorte de rocher sur lequel s'entrelacent le lierre et le chèvre-feuille, elle semble rêver à la singulière idée qu'a eue le peintre de lui faire endosser ce costume d'emprunt.

Le principal défaut de cette figure est de ne pas être d'aplomb dans son cadre. Il y a bien aussi, çà et là, quelques légères imperfections ; mais on les pardonne volontiers au jeune peintre en faveur des notables progrès qu'il a réalisés depuis quelques années. Bref, les deux envois de M. Comerre renferment de sérieuses qualités et dénotent un artiste d'avenir. Je lui conseillerai en passant de ne pas abuser des Italiennes, ainsi que le font certains peintres de renom qui semblent n'avoir, en vérité, que cette seule corde à leur arc. Depuis Hébert qui leur a donné un regain de popularité, Dieu sait ce qu'il se fabrique annuellement d'Italiennes. Il est

grand temps que les peintres choisissent un
autre type, car celui-ci est réellement trop
usé.

*_**

Henri Coroenne, *de Valenciennes*. — Si
M Coroenne trouvait un jour une idée neu-
ve, ce qu'il est permis d'espérer, il y aurait
gros à parier pour son avenir, et peut-être
pourrait il alors, sans témérité aucune, ten-
ter la lutte avec Gérome et son Ecole.

Les Loisirs de l'antichambre nous mon-
trent un gentilhomme vêtu de soie et de ve-
lours, qui, pour tuer le temps en attendant
le bon plaisir du Roy, tourmente avec une
badine un superbe perroquet huché sur son
perchoir.

Le second tableau : *A la santé du Roy*,
représente un mignon fièrement campé,
s'apprêtant à boire à la santé royale.

Les antichambres de ces deux scènes sont
ornées de riches bahuts et de tapis somp-
tueux du plus brillant aspect ; les détails
sont charmants, les figures dessinées avec
une exquise précision. On voit que M. Coroenne connaît toutes les ressources de son
art. Sous ce rapport, il ne montre aucune
défaillance. Il sait, il sait bien et beaucoup,
il n'ignore rien de ce qui s'apprend, mais la
pensée qui fait les grands artistes n'éclaire
pas son talent de ses rayonnements.

*_**

Pierre de Coninck, *de Meeteren*. — Ai-
mez-vous les Italiennes ? en ce cas, adres-
sez-vous à M. de Coninck qui a trouvé

moyen d'en exposer cinq dans trois tableaux dont le plus important, *I Confetti*, est une œuvre très remarquable. — Nous sommes en plein carnaval de Rome. Sur un balcon, trois jeunes filles au costume national, peintes avec un brio remarquable, lancent aux passants les petites boules de farine connues dans le pays sous le nom de *Confetti*.

— C'est peu pour l'idée, mais l'expression de ces adorables filles d'Italie est si charmante, qu'on pardonne aisément cette fantaisie à leur auteur. La note y chante claire, éclatante, sonore. On voit que l'excellent artiste s'est livré à plein cœur aux voluptés de ses souvenirs. Cette toile possède un relief étonnant qui séduit et retient le spectateur. On pourrait même lui reprocher d'être trop éclatante et de sembler être frottée au tripoli ou tout autre ingrédient propre à faire reluire.

Il Farniente est représenté sous les traits d'une jeune Italienne vue à mi-corps, laquelle, après avoir déposé près d'elle sa quenouille de lin, se livre aux douceurs d'un repos si cher à ses compatriotes. Sur le gazon fleuri, folâtre un joli lézard vert.

Comme la précédente, cette toile est dessinée et brossée de main de maître.

Le troisième tableau, de beaucoup inférieur aux deux premiers, nous montre une fillette italienne tenant dans ses bras un petit chat. Il me semble avoir déjà vu cette idée traduite sur les images à quinze sous, que vendent les colporteurs dans les campagnes. — Je puis me tromper, mais dans le cas contraire, j'ose espérer que M. de Co-

ninck n'a pas puisé là son inspiration. Pour
tant, le dessin lourd et incorrect de ce tableau, semblerait assez justifier mes doutes.

***

Jules Denneulin, *de Lille*.—Le proverbe :
Tel maître, tel élève, est complètement
faux en ce qui concerne M. Denneulin et
son professeur, M. Colas Il serait difficile,
en effet, d'imaginer une plus grande dissem-
blance de genre que celle qui existe ici entre le maître et l'élève. Autant le premier
est correct, sévère, mélancolique même,
autant, le second est plein d'humeur, de
brio et de gaieté communicative.

Chaque année, les toiles de M. Denneulin
sont fort remarquées au Salon par les gens
qui aiment à trouver dans ce fouillis d'œuvres, la plupart inintelligibles pour le com-
mun des mortels, quelques pages a portée
moins haute, dont le sujet leur prouve que
l'esprit gaulois n'est pas mort en France —
Cette fois, M. Denneulin, a su contenter,
au delà de ses espérances, son public favori et s'est fait, en même temps, de nombreux
partisans parmi les *dilettanti* de l'art.

Au milieu d'un paysage perdu sous la
neige, un peintre, enveloppé dans un vaste
mac-farlane et un cache-nez qui lui monte
jusqu'aux oreilles, se livre consciencieusement à l'étude d'un effet d'hiver. — Rien ne
l'arrête dans son travail pénible, ni l'âpre
brise qui souffle à travers les grands arbres
blanchis, ni la triste solitude qui l'entoure :
Il possède ce feu sacré dont la plupart de
ses confrères riront peut-être, en attendant

qu'il leur rende un jour « le sourire de la revanche. »

Jamais, je crois, le peintre Lillois n'a été mieux inspiré que dans cette toile sans prétention q i, cependant, renferme un paysage de valeur. Les plans sont solides, le ciel gris, d'un rendu parfait, encadre avec art le héros de la scène, dessiné et peint avec un réel talent.

Le second tableau : *Soir d'automne* ne le cède en rien au premier. — Ce .chasseur campagnard qui se repose des fatigues du jour est peut être un peu moins humouristique, mais la facture du paysage qui l'entoure est de toute beauté Bravo, M. Denneulin, vous voilà désormais classé parmi les meilleurs peintres du département.

∗

Julien Devos, *de Bailleul.* — Je me garderai bien d'en dire autant à M. Devos, qui cependant donna pendant quelque temps les plus brillantes espérances. Etait-ce bien la peine d'étudier aux meilleures sources de l'art, sous la direction des maîtres contemporains, pour en arriver à produire un tableau tel que celui qu'il a intitulé : *Vit-elle encore ?* Il y a loin de cette toile à la *Suzanne* qu'il envoya à notre exposition académique, lorsqu'il était encore élève de l'Ecole des Beaux Arts.

Vit-elle encore ? on le devine, est la question que se pose un soldat, rentrant, après une longue absence, au logis maternel. Ce sujet banal, traité à satiété, demandait, pour être acceptable , une sureté

d'exécution dont n'a pas fait preuvé M.
Devos. J'aime à croire que le jeune artiste
nous prouvera l'an prochain qu'il est capable de prendre une *éclatante revanche.*

***

Emile Dupont, *de Douai.* — *Le petit
Chaperon rouge*, de M Emile Dupont, ne
brille pas non plus par la nouveauté de l'idée. — Le peintre Douaisien a t-il voulu
nous prouver par là, qu'un écrivain de talent doublé d'un homme d'esprit, pouvait se
dispenser d'être original en peinture ? —
Je l'ignore, et lui passe volontiers ce paradoxe, en faveur des jolis détails parsemés
dans son œuvre. — Les amateurs qui ont le
don de lire entre les lignes, prétendent que
le loup cruel qui va croquer tout à l'heure la
charmante héroïne de Perrault, n'est autre
que la censure, dont M Dupont a eu souvent à se plaindre dans sa carrière de journaliste. — En ce cas je suis prêt à regretter
avec lui que cet animal dangereux ne soit
pas encore passé à l'état de légende

***

Carolus Duran, *de Lille.* — Si Carolus
Duran n'est pas à l'heure qu'il est l'homme
le plus infatué de France, ce n'est pas assurément de la faute de mes confrères de la
grande et petite presse qui semblent s'être
ligués entr'eux pour fatiguer leurs lecteurs
de son apologie incessante. Jamais de leur
vivant, les grands artistes regrettés qui

ont nom Delacroix, Ingres, Rude, etc., n'ont obtenu la millième partie de ces louanges, et cependant, chacun doit le reconnaître, leur mérite était au moins égal à celui du peintre lillois. — Il est évident qu'il y a dans ces flatteries outrées un parti pris dont j'avoue humblement ne pouvoir découvrir le mobile. — Quel qu'il soit, du reste, il n'existe pas que je sache, dans l'arsenal du journalisme, de meilleure arme pour entraver la carrière d'un artiste.

Carolus Duran qui a maintenant 37 ans, est, depuis 1873, chevalier de la Légion-d'Honneur et d'un ordre espagnol quelconque. Il gagne bon an, mal an, 150,000 francs, et ne peut suffire aux demandes de portraits qui l'assiégent de toutes parts. — C'est le peintre en vogue du moment, et cette vogue, il faut le dire, est justifiée par un talent très remarquable, mais qui cesserait bientôt de s'élever encore, si l'artiste Lillois prenait au sérieux toutes les ridicules flagorneries dont il est l'objet depuis quelques années, et dont le pire résultat serait de tuer son talent dans sa sève.

Ces réflexions me sont suggérées par sa jeune fille nue : *Dans la rosée*, qui m'a causé, je l'avoue, une grande déception. Je m'attendais à une peinture large, vigoureuse, à une femme vraiment femme, avec des chairs palpitantes de vie, dignes du pinceau robuste du jeune maître, et voilà que je trouve une nymphe rose et frêle, ressemblant à peu près à toutes celles qui se donnent rendez-vous annuellement au Salon. C'est joli, c'est gracieux, c'est élégant, mais on y devine trop le travail pénible auquel a dû se livrer le peintre pour rapetisser son talent jusqu'au style académique.

Sans doute, il y a là de nombreux détails traités de main de maître ; le fond de verdure sur lequel se détache cette nymphe diaphane est des plus remarquables, mais tout cela s'harmonise péniblement et produit souvent des notes discordantes. En somme, dans son ensemble, la jeune fille nue de Duran n'est pas digne du talent puissant et original de son auteur. Il y a là une revanche à prendre.

Combien je lui préfère le petit portrait de Marie Duran, où sa verve se retrouve dans toute son ampleur. Qu'on se figure une délicieuse enfant de quatre ans, rose et fraîche comme l'aurore printanière, aux yeux clairs, pénétrants, pleins d'expression, à la bouche entr'ouverte ainsi qu'une fleur à peine éclose. Une écharpe rose, serrée autour de la taille, fait ressortir le ton noir de la robe. Elle tient en laisse un petit chien havanais dont l'excessive blancheur fait tache dans le tableau ; mais la partie supérieure en est, je suis heureux de le dire, un véritable chef-d'œuvre de coloris.

Le portrait de Mme la comtesse de *** est une peinture quasi-officielle où l'auteur n'a pu être original sous peine d'être accusé de lèse-majesté. Je dis majesté, car il est impossible d'imaginer rien de plus majestueusement dédaigneux que cette grande dame trônant en reine dans un fauteuil princier, la coiffure et le corsage scintillants de diamants, comme des étoiles dans un ciel terne.

Où le peintre s'est trouvé plus à l'aise, c'est
dans la facture de la robe de satin noir qui
est une merveille d'habileté. Le chatoye nent
de la soie, mêlé aux scintillements du jais,
est bien ce que j'ai vu de plus admirable-
ment traité dans ce genre.

Je ferai grâce à mes le·teurs de·· cheveux
noirs, des yeux de j·is, des poses de guitta-
rero et autres talents multiples dont certains journaux gratifient à l'envie Carolus
Duran. Son mérite sérieux n'a pas besoin,
pour ê're apprécié à sa juste valeur, de ces
réclames indignes de lui et de ses panégy-
ïstes.

*
* *

Amand Gautier, *de Lille*. — Avoir com·
mencé par *les Folles de la Salpétrière* et
la Promenade des freres, et exposer, quinze
ans après, des toiles comme le portrait de
Mlle A... et l'étude de nu intitulée : *Surprise au bain*, c'est en vérit· déchoir singulièrement. Dans quel milieu artistique vit
donc M. Amand Gautier pour qu'aucun de
ses confrères ne lui ait conseillé de garder
ses toiles dans son atelier, plutôt que de les
exposer au gran1 jour de la critique ?

J'en veux surtout à l'étude de nu qui est,
de tous points, indigne du talent de l'artiste
lillois. Cette fille, surprise au bain, est assurément un modèle d'atelier qui pose au ra-
bais, car on ne saurait voir de formes plus
flasques et plus ramollies. Sa couleur froide
et grise, son dessin rond trahissent bien la
mollesse et la banalité des modèles chers
aux rapins.

Le portrait de Mlle A... ne renferme qu'une seule note qui attire les regards ; c'est un brodequin rouge sur lequel le peintre semble avoir concentré toute sa science. Le reste est terne et blafard comme un jour de brouillard.

**

Henry Harpignies, *de Valenciennes* — Je n'étonnerai personne en disant que M. Harpignies est classé parmi les dix ou douze paysagistes français qui ont fait de notre École la première entre toutes. C'est un des rares artistes qui s'occupent encore du style dans le paysage et le revêtent d'une couleur mâle et chaude qui sied à leur gravité. J'en prends pour exemple le paysage intitulé : *Les Bords de l'Aumance,* acheté par l'administration des Beaux-Arts, et qui est bien près d'atteindre le suprême degré de l'exécution. Je dirai de même de *la Vue prise d'un village de l'Allier,* département accidenté que M Harpignies semble affectionner pour sa nature sévère, avec ses rochers rudes, son feuillage sombre et ses arbres noueux. Au centre de ce remarquable site, s'élève une vieille tour en ruines qui lui donne je ne sais quoi d'imposant. Une impression de tranquillité austère se dégage de ce beau tableau peint dans la manière solide et grasse qui caractérise le talent du peintre valenciennois.

Sa troisième toile, d'un tout autre genre, nous montre un artiste peignant un paysage au milieu d'un groupe d'enfants qui, tout en l'admirant, se livrent aux joyeux ébats de leur âge. Les plus jeunes, profitant de l'inat-

tention du peintre, font même dans sa boîte
une Saint Barthélemy de brosses et de
couleurs. M. Harpignies a intitulé cela:
Un Public bienveillant Je crains bien que
le héros de la scène ne regrette quelque peu,
lorsqu'il pliera bagage, l'extrême bienveil-
lance de ce public improvisé.

٭

Auguste Herlin, *de Lille* — Le jury du
Salon, très sévère l'an dernier pour M. Herlin, l'a dédommagé amplement cette année
en recevant trois de ses tableaux : *Le Bord
du Lac, Souvenirs de Dinard* et *le Départ
pour la Mission.*

A l'heure où le crépuscule étend ses om-
bres sur la vallée, trois religieux, après
avoir dit adieu au vieux monastère, s'em-
barquent sur une nacelle qui glisse ra-
pidement le long du fleuve. Ils partent pour
une mission lointaine, vers l'inconnu, les
souffrances, vers la mort peut-être ; mais
le sentiment du devoir leur inspire ce courage qui fait les martyrs. Leur physionomie
est calme ; rien de ce qui touche à la terre
ne semble plus les émouvoir ; toutefois,
l'un d'eux jette un dernier regard d'adieu
aux deux compagnons qui, de la rive, assis-
tent à ce touchant départ.

Ce tableau remarquable est empreint d'un
grand sentiment religieux ; les détails des
costumes, les attitudes sont très soignées.
On ne peut guère lui reprocher qu'une monotonie de coloris entre le ciel et l'eau et un
certain abus de bleu qui lui donne un air de
famille avec *les Martyrs chrétiens*, de
Gustave Doré.

Le Bord du Lac, d'un tout autre genre, nous montre de jeunes Savoisiennes occupées à puiser de l'eau dans le lac d'Evian. L'une d'elles, une gracieuse blonde, se trouve dans une situation quelque peu périlleuse, car la planche sur pilotis qui sert à atteindre l'eau, oscille à chacun de ses pas. Cette scène est très amusante.

Le Souvenir de Dinard est une jeune personne de tournure gracieuse, vêtue d'un corsage noir, d'une robe blanche et armée d'un immense parasol de même couleur. Je voudrais pouvoir vous dire beaucoup de bien de son gracieux visage ; mais, malheureusement, cela m'est impossible, car pour contempler la mer qui baigne la plage, elle tourne le dos au public avec un sans-gêne assez cavalier. — Ce qu'il m'a été permis de voir, c'est que la jeune personne est une femme artiste, car elle tient de la main gauche une palette et des pinceaux. Si quelque lecteur curieux me demandait où est sa toile, je le renverrai à M. Herlin qui, peut-être lui dirait en même temps pourquoi il est si discret dans ses indiscrétions.

***

Adolphe Lefebvre, *de Wagnonville.* — La *Mater dolorosa* de M. Lefebvre est, si j'en excepte la *Tête de Moine* de M. Chérier, le seul tableau religieux exposé cette année par les artistes du Nord. — La vierge debout au pied de la croix, presse sur son sein la couronne d'épines dont les cruels bourreaux ont couronné le divin martyr. Son regard, levé vers le Ciel, semble répéter le cri désolé du *Lamma-Sabachtani*. — Il y a d'excellentes choses dans cette toile destinée, sans doute, à l'une de nos églises du département. — Je citerai, entr'autres qualités, la remarquable étude de draperies dont se compose la robe de la vierge ; mais il y manque de la profondeur et ce je ne sais quoi qui donne la vie et retient le spectateur.

Arthur Lefort des Ylouses, *du Cateau.* — M. Lefort, qui n'a point exposé l'an dernier, eût pu, ce me semble, nous donner des toiles plus importantes et surtout plus étudiées que sa *Pêcheuse cancalaise*, qui semble descendre en droite ligne de l'école réaliste dont M Manet est le grand pontife. Cette jeune fille rousse, de figure assez banale, les mains croisées sur le ventre, est bien près d'être triviale. — La facture en est lâchée avec le parti-pris qui distingue les œuvres de ce genre ; les mains sont à peine indiquées et, à part la figure qui est un peu plus travaillée, le reste n'est qu'une esquisse.

Le *Réveil*, du même peintre, représente une jeune fille blonde, couchée mollement du milieu d'un paysage vaporeux et tendre, comme le pays qu'elle vient de voir en songe. — Elle ondoie sur ce lit de sieste pareille à une fleur qui file au courant de l'eau ; malheureusement la pose un peu risquée qu'elle a prise pendant ce doux rêve, semble lui avoir quelque peu déhanché la cuisse gauche. — Il y a cependant une certaine somme de talent dans cette œuvre légère, qui se distingue surtout par une grande fraîcheur de coloris.

**

Alfred Lenglet, *de Douai.* — L'*Embuscade.* En vérité. la situation de cette soubrette accorte et pimpante, tombée dans l'embuscade que lui a dressée un valet entreprenant, est des plus délicates : Si elle refuse le baiser que le galant veut lui prendre, la porcelaine qu'elle tient entre les mains court risque de se briser dans la lutte ; si elle accepte, le hardi coquin ne s'en tiendra pas là, sans doute, et se permettra des privautés fort gênantes par la suite. — La position est perplexe, et le sourire à peine dissimulé de la soubrette, fait deviner qu'elle penche vers le dernier moyen. — Charmante scène, pleine de couleur et de gaieté. — Ces petites figures aussi bien campées qu'ajustées, sont très amusantes, mais le fond leur nuit beaucoup — Il faut en effet, regarder un certain temps pour découvrir une tapisserie dans ce paysage déteint aux teintes mornes et sourdes qui amollissent singulièrement l'aspect du tableau.

**

Charles Lobedez, *de Lille.* — *La Joie de la Maison ; Hésitation.* La joie de la maison, on le comprend, est un charmant bébé dont les jeux et le babil font le bonheur de la famille. De même que M. Caille, M. Lobbedez se plaît à retracer les scènes intimes du foyer et à faire aimer, par des tableaux touchants, la vie d'intérieur et le bonheur domestique En cela, il mérite les sincères encouragements de ceux qui trouvent que le but de l'art ne consiste pas uniquement dans le rendu des formes et l'étude prosaïque de la nature. Cependant, qu'il me soit permis de le lui dire, il serait fâcheux que son talent s'immobilisât dans ce genre facile qui ne peut guère briller que par l'observation minutieuse des détails : Il est rare qu'un souffle de vie anime les œuvres de cette école, qui tient le milieu entre la photographie et la peinture, et dont les compositions ont le plus souvent la sécheresse d'un procès-verbal.

L'*Hésitation*, du même peintre, nous montre une jeune fille aidant son petit frère à passer un gué. L'enfant hésite, il a peur de choir dans l'eau limpide, mais sa sœur le rassure avec ce mot tant usité dans toutes les phases de la vie : *Il n'y a que le premier pas qui coûte.* Ce petit tableau, grand comme la main, est ravissant de facture. C'est frais, gracieux et très ferme d'exécution.

⁎⁎

Victor Mottez, *de Lille.* — Vous souvient-il, chers lecteurs, de ce portrait de femme qui fit sensation, il y a environ six mois, dans la salle du Conclave de notre Hôtel-de-Ville. Ce même portrait, dû au pinceau savant de M. Mottez, figure au Sa-

Ion, où il est très remarqué On ne peut du reste, se figurer de beauté plus ravissante que celle de cette grande dame saxonne que le peintre a découverte dans l'un de ses derniers voyages. C'est une véritable bonne fortune pour les artistes que de rencontrer un type aussi achevé. Cette bonne fortune, M. Mottez a prouvé qu'il la méritait, car l'exécution du portrait est à la hauteur de la poétique physionomie du modèle

Svelte, élancée, le front pur et uni, les cheveux d'un blond cendré, les yeux limpides et clairs comme ceux de la Nilson, le nez droit, les narines légèrement relevées, la bouche fine, plissée doucement avec une mutinerie voilée, telle est cette adorable beauté du Nord dont le charme est irrésistible. Une robe de satin noir, bordée de fourrure, serre sa taille flexible, et ses mains, ramenées en avant, sont fines et élégantes à faire rêver Cabanel lui-même.

Un air de haute race se mêle dans ses traits à la grâce moderne et mondaine, et ce qui charme et séduit le plus dans ce portrait, c'est non-seulement la figure ravissante du modèle, mais surtout la lumière limpide qui flotte et se joue sur ses chairs transparentes et nacrées.

La tête est peinte et dessinée de main de maître. Il n'y a guère à y reprendre que le dessin lâché de l'oreille gauche et l'ombre trop vigoureuse qui encadre le côté gauche de la figure

Le petit panneau décoratif : *L'enlèvement d'Europe*, qui figure comme second envoi, est une erreur de M. Mottez. Ce sont les tons et non les lignes qui décorent, et l'artiste lillois n'est pas précisément un coloriste.

*_**

Léon Richet, *de Solesmes*. — Encore un paysagiste que je signale à l'attention des amateurs. Ses deux envois : *Le Hameau normand* et le *Moulin-à vent en Picardie*, sont très hardiment brossés. Il y a dans ce dernier tableau des qualités exceptionnelles qui dénotent chez son auteur un brillant avenir. Les plans solidement accusés, la perspective savamment traitée lui donnent une grande profondeur. Le ciel nuageux, tourmenté, achève de donner au site picard une teinte mélancolique qui fait songer à la stance célèbre d'Alfred Musset :

Que j'aime à voir dans la vallée
Désolée,
Se lever comme un mausolée,
Les quatre ailes d'un noir moutier.

Le Hameau normand est également un excellent paysage, peint avec une solidité et une sûreté d'exécution très remarquables. Cette nature luxuriante où des gazons au feuillage, débordent le même éblouissement et le même ruissellement de verdure, fait plaisir à voir.

Aussi M Richet n'avait-il pas besoin, pour attirer l'attention, de semer sur les premiers plans ces milliers de fleurs écarlates dont la note est quelque peu en désaccord avec l'ensemble. En ce point, M. Richet a eu le tort d'oublier le proverbe : « Le mieux est l'ennemi du bien. »

*_**

Emile Salomé, *de Lille*. — Depuis quelques années, M. Salomé, resté longtemps dans l'ombre, s'est révélé par quelques toiles à sensation dont le succès alla *crescendo* jusqu'au jour où il fut placé au premier rang des peintres de genre et des portraitistes du département.

On se souvient de la vogue qu'obtint au dernier Salon son *Médecin trappiste*, œuvre charmante où se révélait à la fois la science du peintre et l'esprit fin et patient de l'observateur. Cette année, M. Salomé nous offre une sorte de pendant intitulé : *Le Dimanche matin dans les Flandres.*

De même que quelques peintres en renom : Breton, Marchal, Brion, etc., affectionnent certaines régions où ils choisissent de préférence leurs inspirations, M. Salomé semble avoir une prédilection marquée pour la Flandre française, où il passe en études une grande partie de l'année. C'est du reste un pays charmant, rempli d'une poésie rude et primitive.

Le dimanche matin dans les Flandres, nous transporte sur le seuil d'un cabaret de village des environs du Mont des Kattes, dont l'enseigne flamande : Nootenboom « Au Noyer. » se balance au-dessus de la porte. Le *baas* qui cumule avec son honorable emploi celui de Barbier, repasse son rasoir sur la paume de la main gauche, après avoir ensavonné le menton d'un client assis devant lui. — Près de là, un autre client attend patiemment son tour de barbe en buvant une chope de cette bière blonde dont il sera fait une ample consommation, au retour de la messe.

Les attitudes, les types, les costumes, sont rendus avec un soin parfait. Le petit coin de paysage de droite est d'une fraîcheur exquise ; les accessoires de gauche sont de bonnes études de nature morte. Malheureusement, M. Salomé s'est attaqué à une difficulté souvent insoluble : celle de peindre en pleine lumière. — Rien à première vue n'accroche le regard, si ce n'est peut-être l'arbre un peu trop vert dont les branches touffues couronnent le toit du rustique cabaret. — Il faut un certain temps pour que l'œil s'habitue à cette lumière intense. Alors les détails charmants apparaissent peu à peu et l'on se rend compte des difficultés inouies qu'à dû rencontrer le peintre dans l'exécution de ce tableau.

Le second envoi de M. Salomé est un petit portrait d'enfant qui peut, sans exagération, être classé parmi les vingt portraits les plus remarquables du Salon, et Dieu sait pourtant s'ils y abondent.

Cette toile charmante qui fut quelque temps exposée chez Fernandez, notre étalagiste à la mode, est un petit chef-d'œuvre de coloris et de relief par la lumière. Rien de ravissant comme ce délicieux minois de jeune fillette dont le peintre a rendu avec un talent supérieur la beauté printannière et l'exhubérante jeunesse. Grâce à une opposition savamment combinée, le fond et les vêtements sombres de l'enfant font merveilleusement ressortir cette figure rosée dont la fraîcheur de coloris rappelle la manière de Velasquez.

***

Victor Teinturier, *de Valenciennes.* — Ce jeune artiste semble marcher sur les traces de son vaillant concitoyen, M. Harpignies. Sa *Vue prise dans la Forêt de Fontainebleau*, le place d'emblée au rang des paysagistes avec lesquels la critique aura désormais à compter ; j'avoue que j'étais loin de m'attendre à une œuvre aussi achevée. L'air circule à flots dans ces branchages d'une couleur nourrie, d'une exécution plantureuse et dont l'harmonie paisible réjouit à la fois l'esprit et le cœur.

✱✱*

Jules Weerts, *de Roubaix.* — Le talent de l'artiste Roubaisien, dont les débuts avaient été remarqués, ne semble pas avoir suivi une marche ascendante Il y a assez loin, en effet, du beau portrait de Galli Marié, exposé en 1872, à l'étude de nu, présentée cette année sous le titre de la *Captive*. Cette grande femme maigre, efflanquée, déhanchée, accroupie sur un divan et appuyée sur un coussin dont son corps semble prendre la forme, n'a rien assurément de plaisant à l'œil.

Je me demande pourquoi M Weerts s'est attaqué à ce genre de peinture aphrodisiaque, que seuls, les spécialistes peuvent rendre supportable. Je sais bien que tout artiste se croit obligé de lui payer son tribut, mais les divers travaux déjà produits par le jeune peintre permettaient d'espérer qu'ils s'en serait affranchi. Maintenant qu'il a payé sa dette à l'usage, il me reste à l'en-

gager à ne plus renouveler ces sortes de
tentatives dont il a pu apprécier les tris-
tes effets, car on ne retrouve dans sa toile aucune des qualités dont il avait fait preuve
aux expositions précédentes. Pourquoi aussi
ces grandes proportions, pour un sujet
qui serait plus à sa place dans un cadre
moins vaste ?

M. Weerts a certainement une revanche
à prendre l'an prochain. Je suis sûr qu'il y
réussira, ce lui est facile; mais qu'il se garde
bien d'utiliser encore pour cela son malen-
contreux modèle.

Dessins, Aquarelles, Pastels, Porcelaines.

=

Henry Harpignies, *de Valenciennes.* — M. Harpignies n'est pas seulement un peintre de grand talent, c'est aussi un aquarelliste distingué.—*Le saut du Loup, les bords du Cher*, et *le Pont Neuf* forment un gracieux pendant à ses remarquables paysages. — C'est hardiment jeté et d'un coloris plein de charme et de brio.

* * *

Alfred Lenglet, *de Douai.* — L'auteur de *l'Embuscade* ménageait une nouvelle surprise au public en lui donnant sous le titre de *Portrait de M. A. V.*, un personnage de type tout moderne, vêtu d'un costume du seizième siècle. De même que le **valet** galant de l'*Embuscade*. Ce moderne mignon soulève de la main gauche une riche tapisserie. Sa main droite appuyée sur le manche d'un stylet, fait songer au *César Borgia* de Raphaël. — La physionomie est belle, expressive, la pose très étudiée, mais les extrémités sont mesquines. — Je ne saurais trop conseiller à M. Lenglet de se garder de l'afféterie, car c'est surtout par ce défaut qu'il prête le flanc à la critique.

* * *

Lucien Penet, *de Thiennes*. — Les por-
celaines de M. Penet peuvent passer à juste
titre pour les plus remarquables du Salon.
Il faut citer entr'autres un portrait d'homme peint avec une grande délicatesse. — Le
portrait d'enfant est moins réussi. Ce jeune
garçon semble une petite fille tant l'auteur
lui a donné un air efféminé.

**

Fortuné Schrevère, *de Zuytpeene*. — De
tous les pastellistes du Nord, M. Schrevère
est le seul qui ait exposé au Salon de 1874.
Pourquoi cette désertion regrettable? Est-
ce parce que la place réservée aux dessins,
pastels, etc., est tout à fait sacrifiée, ou bien
les pastellistes craignent-ils, comme les
peintres, les rigueurs excessives du jury
d'admission? Je ne sais, mais je déplore de
voir peu à peu se produire, chez la plupart
de nos artistes de province, ce parti pris
d'abstention.

Il me souvient d'avoir vu, avant la guerre,
une copie au pastel de la *Médée*, de Delacroix, signée Georges Petit. Cette copie, où
l'artiste avait rendu avec un réel talent la
magique couleur du maître regretté, fut fort
remarquée par les amateurs.

Que devient M. Petit? Boude-t-il le jury
ou le public? J'espère qu'il répondra à cette
question en envoyant au prochain Salon
une œuvre digne de lui.

Le portrait d'enfant de M. Schrèvere se recommande par de sérieuses qualités. La
physionomie charmante de cette adorable

fillette est traitée avec talent ; le ruban rouge qui retient la chevelure fait bien ressortir les chairs roses et nacrées du modèle. On peut seulement reprocher à l'auteur une certaine monotonie dans le coloris, qui donne à son œuvre une teinte un peu plate.

***

Mlle Louise de Urriza, *de Dunkerque.* — Il m'a fallu chercher longtemps, parmi les nombreux dessins exposés, pour trouver le portrait de Mlle de Urriza. Heureusement, le résultat de mes recherches m'a amplement dédommagé du temps perdu, car on ne saurait imaginer rien de plus savamment traité que ce délicieux portrait d'enfant, au crayon, grand comme la main, finement dessiné et d'un modelé très ferme. Cette tête expressive est de tous points remarquable Je suis d'autant plus heureux d'en féliciter Mlle de Urriza qu'elle est la seule femme artiste du Nord, ayant exposé au Salon de 1874.

Sculpture.

Louis Auvray, *de Valenciennes.* M. Auvray, qui nous a donné en 1873, un beau buste
en marbre de *Solon,* d'après le célèbre ca-
mée de Sancti-Bartholi, expose cette année
un buste en plâtre teinté et un médaillon en
bronze, plus petit que nature. J'aime beaucoup la façon dont cet artiste traite le médaillon ; c'est bien bas relief, bien compris,
on y devine de sérieuses études et une ex-
cellente direction. Celui de M. Auvray père
est très remarquable ; il n'y a guère à critiquer qu'un peu d'égalité dans la facture
des cheveux.

⁎⁎⁎

Emile Blavier, *de Crespin.* — Je ne sais
si M. Lasserre, auteur d'un livre très ré-
pandu sur les miracles de Lourdes, sera
bien satisfait de la pose et de l'expression
de farouche tribun, que lui prête M. Blavier, dans le buste en plâtre du Salon. A
première vue, ce plâtre fait songer à quelque fougueux réformateur, jetant les bases
d'un nouveau contrat social, tant l'attitude
et la physionomie ne répondent en rien à
l'idée que l'on se fait généralement d'un
écrivain religieux. Les personnes qui connaissent M. Lasserre, disent ce buste très

ressemblant. C'est un grand point dans le portrait, mais M. Blavier ne saurait trop veiller à ce que la ressemblance ne soit pas la qualité exclusive de ses œuvres.

***

Emile Carlier, *de Cambrai*. — M. Carlier s'est signalé cette année par trois bustes ou plutôt trois têtes très remarquables. Les têtes, en effet, sont traitées avec infiniment de talent, mais les autres parties sont lâchées avec un sans-gêne assez incompréhensible. J'en prend pour exemple ses deux portraits de femmes, dont les têtes, largement modelées et étudiées avec soin, renferment des détails charmants ; le reste est à peine indiqué. Pourquoi aussi cette fantaisie puérile, comme dans le buste de Mlle J..., de poser sur la terre des dentelles véritables, et de mouler le tout ensuite. Cela donne à l'œuvre un aspect des plus mesquins et sent la sculpture industrielle d'une lieue.

Le buste de M. Montaubry est également bien traité dans la partie supérieure. Modelé ferme et savant, bonne construction anatomique, cheveux massés avec goût, rien n'y manque pour le rendre remarquable. Mais est-ce bien là l'élégant ténor d'opéra-comique qui fit, il y a vingt ans, les délices de nos dilettanti lillois et que les vieux amateurs comparent encore avec orgueil à tous les ténors qui se succèdent ? C'est à n'y pas croire, car le sémillant artiste a maintenant toute la placidité et la bonhomie d'un bon bourgeois enrichi dans le négoce.

Où sont les triomphes enivrants de la scènes, les bravos chaleureux, les couronnes tressées par d'anonymes admiratrices ?

Mais où sont les neiges d'antan ?

Ici comme dans ses deux autres bustes, M. Carlier n'a fait qu'indiquer à peine les détails de la partie inférieure. C'est décidément un parti-pris chez l'artiste cambraisien.

**

J.-B. Carpeaux, *de Valenciennes.* — De tous les bustes qui figurent au Salon de sculpture, celui d'Alexandre Dumas fils est assurément le plus admirable de verve, de jet et d'exécution. Il y a là des morceaux qui sont bien ce qu'on a fait de mieux en ce genre ; je recommande spécialement aux connaisseurs la facture des cheveux, de la barbe, de la partie inférieure du visage et du cou. Qu'ils n'y cherchent pas les lignes méthodiques exigées par une certaine Ecole; leur espoir serait déçu, car cette œuvre dénote, au contraire, chez son auteur, une tendance plus marquée que jamais à s'affranchir des règles académiques.

Nul ne saurait blâmer le sculpteur valenciennois de vouloir rester lui-même, en jetant par-dessus l'Institut les dernières entraves classiques qui gênent son talent.

Ainsi que le disait récemment un écrivain de mérite, c'est une erreur ou tout au moins un préjugé de croire que l'art de la statuaire exige la ligne calme et reposée, qu'elle se refuse à tout ce qui est mouvement, qu'il lui faut absolument et exclusivement la ma-

jesté des formes olympiennes, la sérénité, je
dirai même l'autorité de l'aspect. Si les an-
ciens, nos vrais maîtres dans cet art, nous
ont légué l'Apollon du Belvédère et la Vénus
de Milo, ils nous ont laissé aussi l'Atalante,
les Lutteurs, la Niobé, surtout le Laocoon,
où, certes, ce ne sont pas le repos et la ligne calme qui triomphent. Il ne faut pas
croire à des règles absolues et dogmatiques
pour la sculpture ; dans cet art comme
dans tous les autres, du reste, le seul but à
poursuivre est le vrai. Tel sujet demande
les lignes calmes et sévères, tel autre en
exige de plus mouvementées. Reste le choix
des sujets ; c'est là une question de tempé-
rament. Lamartine adressait à Régaldi,
improvisateur italien, le quatrain suivant :

> Tes vers jaillissent, les miens coulent.
> Dieu leur fit un lit différent ;
> Les miens dorment et les tiens roulent,
> Je suis le lac, toi le torrent.

Certains, parmi les statuaires les plus en
renom, aiment mieux être le lac ; ils pour-
raient avoir un moins beau précédent que
l'auteur des *Méditations* M. Carpeaux,
lui, préfère être le torrent. Ou plutôt, non,
il ne préfère pas ; il voudrait ne pas l'être
qu'il ne le pourrait guère. C'est sa nature,
son penchant, son talent lui-même qui le
veulent ainsi.

Tout ce que M. Carpeaux veut exprimer
ou reproduire, se dramatise spontanément,
inévitablement, fatalement, dans son imagi-
nation et sous son ciseau. Ce n'est pas d'une
main inquiète et fiévreuse qu'il pétrit l'ar-

gile. Il modèle comme il pense, il sculpte comme il conçoit ; il se dicte, si je puis m'exprimer ainsi.

Qu'il traite un sujet religieux ou léger, qu'il taille dans le marbre la Mère des douleurs ou les lascives danseuses, il obéit avant tout aux exigences du sujet. Dans la *Mater Dolorosa*, il traduit les angoisses mortelles de la mère assistant au supplice de son divin fils. Dans le groupe de la *Danse*, il laisse les jeunes femmes, nymphes ou bacchantes, s'abandonner avec délire au tourbillon qui les emporte dans une surexcitation proche de la folie, folie joyeuse, si l'on veut, mais qui n'est pas moins l'égarement. Élégie ou dithyrambe, spasme ou bacchanale, il serre de près le sujet, il force le marbre à rendre l'idée, il la domine, le violente, le brutalise jusqu'à ce qu'il lui obéisse. Et celui-ci lui obéit !

Le buste d'Alexandre Dumas est une nouvelle preuve de cette facilité extraordinaire et de ce talent puissant dans le jet, que les gens du métier sont unanimes à reconnaître.

Sans avoir la grande valeur artistique du buste de Dumas, celui de Mme Sépierre est également très remarquable. — Je n'aime guère, cependant, le fouillis de draperies assez ennuyeuses qui termine le buste.

L'*Amour blessé* est une œuvre charmante qui semble être de la première manière de Carpeaux. Peut-être en avait-il conservé le modèle et l'a-t-il fait exécuter en vue du Salon. C'est au moment où je contemplais cette statuette que m'arriva la triste nouvelle de l'entrée de l'éminent sculpteur à l'hospice Dubois.

Né à Valenciennes le 14 mai 1827, élève de Rude, de Duret et d'Albert de Pujol, Carpeaux obtint le prix de Rome en 1854.

Voici la liste de ses œuvres les plus remarquées :

Jeune Pêcheur, Ugolin et ses enfants, groupe; *Pêcheur napolitain, Jeune Fille à la Coquille, Négresse,* buste; *Rieurs et Rieuses napolitains, le Prince impérial et son chien Néro,* qui figurèrent longtemps au Musée de Lille ; deux autres *Portraits du prince, l'Espérance, la Candeur, le Printemps, l'Espiègle, la Palombella, Mater Dolorosa* ; les bustes de la marquise de La Valette, de la duchesse de Mouchy, de la princesse Mathilde, du Musée de Lille ; de M. Charles Garnier, de M. Gérôme; le groupe de *la Danse* et *les Quatre Parties du monde soutenant la Sphère.*

Et elles n'y sont certes pas toutes. On n'y voit pas, pour n'en citer qu'une, la délicieuse *Flore* du pavillon des Tuileries

Espérons que la santé fortement ébranlée du célèbre sculpteur se rétablira bientôt, car les artistes de cette taille deviennent rares en France.

✳

Charles Cordier, *de Cambrai.* — M C. Cordier a exposé trois œuvres d'une inégalité telle, qu'il n'est guère possible de croire que l'auteur de la *Prêtresse d'Isis* est le même que celui d'*Emmanuel Escaudon,* statue en marbre exécutée pour la ville d'Orivaja (Mexique). Il est très difficile, je le sais, de traiter un portrait en pied, de grandeur nature, avec nos affreux vêtements modernes, mais en ce cas, généralement, les statuaires usent de la précieuse ressource du manteau, dont les draperies amples atténuent le mauvais effet des plis mesquins de la redingote et du pantalon. M. Cordier a cru pouvoir se passer de cet expédient, et mal lui en a pris, car sa statue est d'un bien piètre aspect, et l'ensemble en est d'une banalité regrettable. Ce que je reproche aussi aux détails, c'est l'égalité monotone des plis dans toutes les parties du vêtement, la défectuosité du bras appuyé sur la poitrine, la saillie trop prononcée du pectoral gauche, et les plis mesquins du pantalon, qui ont des effets de draperie mouillée. En somme, il y a loin, bien loin, de cette statue, au délicieux buste d'Italienne qui figure au Luxembourg.

M. Cordier est un de nos artistes les plus en vogue ; on trouve de ses œuvres un peu partout, il a même bon nombre de bustes au muséum du Jardin des plantes, et je soupçonne fort que pour suffire aux nombreuses commandes qui l'assiègent de toutes parts, il est forcé d'user de collaborateurs. On peut donc lui pardonner la statue monumentale d'Emmanuel Escaudon, bien qu'elle soit peu digne de sa réputation. J'en dirai autant de sa figure en brenze : *A vingt ans*, dont la composition banale et la sécheresse d'exécution trahissent le métier fait au détriment de l'art.

Combien je préfère, aux œuvres précé-

dentes, la charmante *Prêtresse d'Isis,*
jouant de la harpe ; celle-ci rallie tous
les suffrages. M Cordier, on le sait, s'est
fait une spécialité dans l'art d'assembler
harmonieusement l'or, l'argent, le bronze
florentin et les métaux, aux riches couleurs : aussi, la *Prêtresse d'Isis*, traitée
dans ce genre, est-elle un des succès de
l'année Il y a du reste, au point de vue artistique, d'excellentes qualités dans cette
œuvre remarquable : la tête, les mains
sont traitées avec une grande délicatesse,
et les draperies étudiées avec un réel talent.

***

Alphonse Cordonnier, *de La Made-*
leine-lez-Lille. — Voici un débutant au
Salon, dont le premier envoi est très remarqué pour sa franchise d'exécution. Les
amateurs lillois connaissent le *Persée* exposé l'an dernier dans la salle du Conclave de l'Hôtel-de-Ville, et qui dénotait
chez son auteur de sérieuses aptitudes
pour la grande sculpture. C'est cette statue que M. Cordonnier a eu l'heureuse
pensée d'envoyer au Palais de l'Industrie.

Faire grand, en dépit des nombreuses
difficultés matérielles, si difficiles à vaincre
dans la sculpture, tel est le but que doit
viser quand même tout jeune artiste dési-
reux de se faire un nom ; ce but, M.
Cordonnier le poursuit courageusement,
en dépit des obstacles et du réglement assez bizarre du legs Wicar, dont il est le
pensionnaire actuel à l'Ecole de Rome.

Fortement hanché sur la jambe droite, la jambe gauche très pliée et ramenée contre l'autre, Persée tient de la main gauche la tête de Méduse qui vient de pétrifier le monstre, gardien d'Andromède ; la main droite est armée du glaive que, si mes souvenirs ne me trompent, les Romains nommaient *hamatus*, et que les artistes ont depuis attribué exclusivement à Mercure et à Persée. La tête, ornée des ailes traditionnelles, est d'une bonne facture, il en est de même de la cuisse, de la jambe droite et du dos qui sont très remarquables de formes. Malheureusement, l'ensemble de cette figure est loin de rendre l'expression voulue. Ce n'est pas là, assurément, le héros mythologique, fils de Jupiter et de Danaé, que ses fameux exploits firent comparer à Hercule. Celui-ci semble éprouver dans les jambes un tremblement de mauvais augure pour son courage légendaire. Il semblerait, du reste, que la destination primitive de cette statue ait été toute autre, tant la pose est loin de répondre au sujet.

Quoiqu'il en soit, cette œuvre, je le répète, prouve chez le jeune artiste de remarquables aptitudes pour la grande sculpture ; il lui reste maintenant à acquérir ce sérieux dans l'idée qui seul fait les artistes de valeur. Qu'il se rappelle pour cela le succès exceptionnel du *Gloria Victis* de son compagnon d'école, M. Mercié. Là, l'idée est à la hauteur de l'exécution et justifie en tous points la flatteuse distinction dont l'ex-pensionnaire de Rome vient d'être l'objet.

Je sais bien qu'il existe dans la sculpture
une certaine école qui prétend que cet
art consiste uniquement dans le rendu des
formes ; c'est là, à mon avis, une erreur
profonde qu'il importe de combattre éner-
giquement. Dans n'importe quelle bran-
che de l'art du dessin, supprimez la pensée, et l'artiste, si puissant qu'il soit, n'est
plus qu'un bon ouvrier. Pourquoi Puget,
David, Rude et autres maîtres de l'Ecole
française, sont-il passés à la postérité ?
C'est uniquement parce qu'ils étaient avant
tout des penseurs et que leurs œuvres
sont empreintes de cette qualité dominante
qui, seule, fait les grands artistes.

Faire une figure, la décorer ensuite d'un
titre quelconque, est une faute qu'il faut
bien se garder de renouveler. Ceci posé, je
suis heureux de le dire, le *Persée* de M.
Cordonnier renferme d'excellentes qualités et promet un sculpteur de grand avenir. Je lui donne rendez-vous au prochain
Salon.

⁎⁎⁎

Gustave Crauck, *de Valenciennes.* —
Depuis la déchéance de l'Empire, M. Crauck
semble avoir hérité, au détriment de son
concitoyen, M. Carpeaux, du titre de sculpteur officiel. C'est à lui que s'adressent
maintenant, de préférence, les hauts per-
sonnages qui veulent être portraiturés, et
je dois dire dans l'intérêt de la vérité, que
cette vogue passagère ne porte pas bonheur à l'excellent artiste valenciennois. Je
prends pour exemple son exposition de

1874 qui se compose d'un buste du schah
de Perse, d'un buste du Président de la
République et d'une statue en pied du ma-
réchal Niel. Ces trois portraits sont, dit-
on, très ressemblants ; je veux bien le
croire ; mais, à coup sûr, ils n'ajouteront
rien à la réputation de leur auteur.

Le gros du public s'arrête, de préférence,
devant le buste en bronze argenté de
Nasser-Eddin et admire l'éclat et le fini de
cette sculpture destinée à frapper d'admi-
ration les sujets du monarque Persan. Il y
a gros à parier que les connaisseurs ne
partagent pas cet enthousiasme naïf.

⁎⁎⁎

Albert Darcq, *de Lille.* — Le médaillon
en marbre de notre concitoyen M. E. M...,
est assurément l'un des meilleurs du Salon. Les amateurs lillois connaissent ce
remarquable portrait qui figura quelques
temps à la dernière exposition annuelle
des Ecoles académiques, où il obtint un
réel succès Je suis heureux de le constater, son succès n'est pas moins grand à
Paris, où l'on s'accorde à reconnaître que
sa vigueur de touche et son modelé solide
dénotent un beau talent d'exécution. M.
Darcq a tiré un excellent parti de cette
tête fine, intelligente, au regard profond,
à la moustache bien massée, en saillie sur
une barbe naissante, à l'oreille fine et dé-
licate, à faire envie aux marquises mi-
gnonnes du dernier siècle.

Je recommande aux connaisseurs la facture remarquable des cheveux, de la bar-

be et de la partie inférieure du visage. L'œil, traité avec une grande hardiesse, donne à l'ensemble de la couleur et de la vie.

En somme, c'est là un travail conscien- cieux, dont je félicite le jeune artiste lil- lois. Il nous doit, pour l'an prochain, un sujet plus important, qui permette d'ap- précier son talent sous une autre forme. Qu'il suive en cela l'exemple de son ex- compagnon d'études, M Cordonnier.

***

Carolus Duran, *de Lille* — Ainsi que les grands artistes de la Renaissance, no- tre concitoyen Carolus Duran veut être à la fois peintre, sculpteur, poète et musi- cien. — On le connaissait déjà comme un excellent peintre, il montre depuis deux ans combien il lui serait facile d'obtenir des succès dans l'art favori de Michel An- ge. — Est-il poète ? Les uns l'affirment, les autres le nient timidement. Cependant, l'auteur, des *Silhouettes lilloises* nous a donné dans ses biographies, un échantil- lon de sa verve poétique, mais je veux croire, pour l'honneur littéraire de Caro- lus Duran, que cette production n'est pas l'une de ses meilleures, autrement, il lui se- rait impossible, même avec l'aide unani- me de la presse, de contrebalancer jamais l'influence de Victor Hugo. — Quant à l'art de la musique, nul lecteur de jour- naux ne peut ignorer qu'il y excelle. Le *Figaro*, notamment, nous a rapporté q les habitués des concerts de la princesse

Ratazzi, l'ont souvent applaudi à côté de nos grands artistes lyriques, qu'il soupire la romance comme un ténor italien et pince de la guitare comme un guitarero espagnol. — De plus, son talent sur l'escrime est notoire, car il est, paraît-il, une des plus fines lames de Paris.

Certes, avec tant de cordes à un arc si puissant, Carolus Duran ne saurait manquer de célébrité.

Son buste en bronze : *Le Pisan*, qu'il a exposé cette année, est de la sculpture décorative dont l'originalité frise de près l'excentricité. — C'est très hardiment jeté et d'une grande sûreté d'exécution, mais on y devine trop le vif désir qu'a son auteur d'attirer l'attention à tout prix. — Je n'aime guère les cheveux massés en éponges, ni les trous ronds et béants pratiqués dans les yeux. A part cela, je dois constater que cette œuvre a beaucoup de caractère.

⁎

Réné Fache, *de Douai.* — Le sympathique professeur de la brillante école de Valenciennes, a envoyé, cette année, un buste et une médaille en bronze. — Le portrait du général Lhériller est, sans contredit, un des bons bustes du Salon, par son modèle serré et la vigueur de son dessin. — Il est regrettable que dans ces sortes de portraits, les sculpteurs ne puissent, sous peine de déplaire à leurs modèles, éviter l'innombrable quantité de croix et de médailles qui nuisent à l'importance de la tête. — Les épaulettes sont aussi très ennuyeuses en sculpture. — Dans ce buste, le bout de manteau jeté sur l'épaule droite, la fait paraître beaucoup plus large que l'autre.

Le médaillon de M Sirot est précis et vivant. Alors que je l'examinais, un de nos meilleurs portraitistes du Nord me frappa sur l'épaule et me dit en souriant : Voici un médaillon qui n'a probablement coûté à son propriétaire que vingt-cinq francs. —Comme je m'étonnais de ce propos, il me raconta ce trait touchant, déjà connu de la plupart des artistes, mais qu'on ne saurait trop rééditer pour l'honneur du digne professeur Valenciennois.

Il y a quelques années, un de ses élèves, M. Fagel, dont le talent naissant faisait concevoir les plus belles espérances, venait de tomber à la conscription et ne se trouvait pas assez riche pour faire les frais d'une exonération que la loi autorisait encore. Pour le conserver à ses études, M. Fache eut l'ingénieuse idée d'ouvrir une souscription offrant à chaque donateur d'une somme de 25 fr., son portrait en médaillon.

La liste fut bientôt couverte de signatures et atteignit bientôt la somme de 2,800 francs, prix d'un remplaçant. — Aujourd'hui, M. Fagel a obtenu de brillants succès à l'école des Beaux-Arts, dont il est un des meilleurs élèves et ses camarades, dans leur enthousiasme, ont adressé l'an dernier, au digne professeur, une adresse de chaleureuses félicitations. — Je suis heureux de rappeler ici cette action noble et touchante dont les exemples deviennent rares.

*_**

Jean Frère, *de Cambrai.* — *Buste du général d'Aigremont.* Ce buste est trop large et trop important pour la tête qui est petite, manque d'an-tomie et dont le profil, tout à fait sacrifié, ne semble pas avoir de maxillaires.

*_**

Jules Gellé, *d'Anzin.* — Peu à peu, sans bruit et sans réclames, M. Gellé se fait une place importante qu'il aura bravement conquise à force de travail, car il s'en faut de peu qu'il ne devienne, dans la sculpture, ce que sont dans la peinture MM. Protais, Detaille et De Neuville.

Son groupe en plâtre : *Officiers en éclaireurs,* nous montre un officier debout, le sabre au poing, guettant attentivement l'approche de l'ennemi ; à sa gauche, un clairon à genoux, d'une figure expressive, se tient prêt à sonner l'alarme. Cette petite scène militaire a du mouvement, de la vérité et une habileté d'exécution qui dénotent des progrès marquants sur le groupe de 1873.

*_**

Ernest Hiolle, *de Valenciennes.* — Parmi les œuvres à sensation, je dois signaler la *Figure allégorique*, exécutée par M. Hiolle, pour le monument élevé à Cambrai, sur la place Fénélon, à la mémoire des victimes de la guerre. Ce monument, d'une réelle importance, atteste les sentiments de patriotisme dont sont animés les habitants de la vieille cité ambraisienne. Je connais des villes plus populeuses et plus riches qui ont ménagé davantage leur reconnaissance pour leurs enfants, morts en combattant l'invasion.

La figure de M. Hiolle est traitée avec une hardiesse extraordinaire Repliée sur elle-même, posant sur la jambe droite et le corps penché en avant ; elle tient de la main droite une couronne et de l'autre une palme, qu'elle jette sur le mausolée. Cette femme ailée, qu'on pourrait appeler le génie de la patrie, est d'une énergie étrange qui fait battre le cœur ; son visage exprime à la fois la haine des vainqueurs et la reconnaissance envers les vaincus.

Le mouvement des ailes, traitées de main de maître, est d'un effet grandiose. Il semblerait que, sitôt l'accomplissement de son pieux devoir, envers les glorieuses victimes, le sombre génie va s'élancer de nouveau dans l'esp ce, guettant l'heure propice pour les venger.

Le plus indifférent ne peut s'empêcher d'admirer la tournure pathétique de cette magnifique figure. Elle fait le plus grand honneur à l'excellent artiste, fils de cette « bonne et franque ville de Valenciennes, » qu'un homme d'esprit a surnommée un jour : l'Athènes du Nord.

Ainsi que le disait tout récemment un critique de talent, « C'est une consolation de songer à ces œuvres d'art qui vont, sur bien des points de la France, entretenir le feu sacré du patriotisme et protester contre la prescription et l'oubli. Non, ce n'est pas ainsi que procède un peuple déchu et frivole, décidé à en finir avec tout ce qui lui rappelle l'humiliation subie, la situation présente, les chances futures, la revanche possible, la réhabilitation nécessaire, la rancune implacable. »

Bravo donc, à M Hiolle, pour son œuvre, où le patriotisme est à la hauteur de la puissance de l'exécution, et merci pour nos frères d'armes qui ont payé de leur vie leur dévouement au pays.

Le buste en marbre de M Viollet Leluc est aussi d'une grande franchise d'exécution. C'est bien là l'éminent architecte à qui la France doit l'admirable restauration de ses plus beaux monuments.

Ce n'est pas sans de grandes difficultés qu'un artiste traite le portrait d'un homme célèbre, car au lieu de se fier à ses yeux qui le guideraient bien, il reproduit le plus souvent, non ce qu'il voit, mais l'idée qu'il s'est faite de celui qu'il doit représenter, idée proportionnée à la compréhension qu'il a lui-même du génie de son modèle. M. Hiolle est sorti victorieux de ces difficultés, en donnant à son œuvre une grande ressemblance et en lui imprimant, en même temps, la marque de génie qui convient à l'illustre architecte français.

J'aime moins le buste en l renze de M.

Chénavard. Celui-ci ne rend certes pas l'idée qu'on se fait de ce peintre philosophe, un des plus instruits du temps, versé dans les études littéraires et métaphysiques aussi bien que dans les questions d'esthétique. Il y a dans ce buste des parties négligées qui ne sont pas dignes du puissant ébauchoir de M. Hiolle.

***

Edouard Houssin, *de Douai.* — Je n'en ai pas fini, hélas ! avec les bustes, car nos dix huit sculpteurs en ont exposé, à eux seuls, vingt-quatre et, certes, l'appréciation de ces œuvres, la plupart d'une facture à peu près égale, n'est pas la moindre difficulté de ma tâche.

Puisque le vin est tiré, il faut le boire ; je poursuis donc, et que la critique sévère me pardonne les réminiscences inévitables de ce travail écrit à la hâte.

Des trois bustes de M. Houssin, le plus original est, sans contredit, le buste en marbre de M. L... Il n'y a assurément rien de sculptural dans ce profil dont le front, le menton fuyant et le nez retroussé forment un angle presque droit. Cette tête était difficile à rendre et M. Houssin s'en est tiré avec honneur. Le portrait du baron Z... est aussi remarquable. La figure est expressive, bien modelée, les draperies, bien chiffonnées, mais le buste, trop long, ôte de l'importance à la tête. C'est un défaut que j'ai déjà reproché à plusieurs de nos sculpteurs. Le troisième buste est celui de S. Henri Ber—

thoud, écrivain du Nord, mort l'an dernier.
Ainsi que les deux premiers, il est modelé
très consciencieusement et atteste les progrès réels du jeune artiste douaisien.

***

André Laoust, *de Douai.* — Que doit
dire le Conseil général du Nord qui, il y a
quelques années, a refusé à M Laoust le
renouvellement de la pension départemen-
tale, sous prétexte que ses progrès n'étaient
pas assez rapides ?..

Certes, si un jeune artiste a su franchir
prestement les degrés qui mènent à la réputation, c'est bien, au contraire, le sculpteur douaisien. Son *Amphyon,* classé, parmi les dix meilleurs morceaux de l'Exposition de sculpture, lui a valu une seconde
médaille très méritée. Un maître pourrait
signer cette œuvre, dont l'élégance, l'attitude vraie et le modelé savant, ne le cè-
en rien aux qualités anatomiques. Je signalerai particulièrement le torse, qui est
de toute beauté. Ce qu'il y a surtout de remarquable dans cette magnifique statue,
c'est qu'elle est également belle et bien
posée de tous côtés, difficulté que nos maîtres contemporains n'ont pu toujours sur-
monter.

L'éxécution de ce marbre fait honneur à
notre concitoyen, M Agathon Léonard, un
des meilleurs praticiens de Paris. M. Laoust
lui doit une belle part de son succès ines-
péré.

L'*Amphyon* a été acheté par l'adminis-

tration des Beaux-Arts. Je fais des vœux
pour que le gouvernement en dote le Musée
de Lille, s'il n'a déjà sa place marquée au
Musée du Luxembourg.

Le second envoi de M. Laoust, intitulé :
la Capture, est un groupe en plâtre représentant un jeune gars qui vient de captu-
rer une colombe et la présente à son chien,
lequel s'élance pour atteindre cette proie.
Il y a de très bonnes choses dans ce groupe bien pondéré. Cependant, certaines parties demandent à être revues avant son
exécution définitive.

Le buste en plâtre : *Remember*, est une
énigme sculptée, que M. Laoust eut bien
fait de rendre plus intelligible. Cette femme à figure masculine, le front orné d'un
diadème, attifée d'un costume moitié grec,
moitié romain, semble dire à son auteur :
« *Souvenez-vous* que la clarté est une
qualité capitale dans toute œuvre d'art. »

**

Hector Lemaire, *de Lille*. — Le talent
de M. Lemaire a subi une grande trans-
formation depuis son retour de Rome Les
œuvres de cet artiste ont maintenant une
allure sévère, sombre, presque farouche,
qui contraste avec sa première manière.
J'en prends pour exemple la *Femme de
Sonnino*, buste en plâtre teinté, représentant
une vieille femme au visage sillonné de
rides, au col décharné. Cette œuvre étrange, qui semble inspirée par la sinistre ap-
parition de la sorcière de l'*Albertus*, de

Théophile Gauthier, attire l'attention et retient malgré lui le spectateur.

Il en est de même de la *Judith*, traitée d'une façon très originale. Ce n'est plus l'héroïne biblique de la tribu de Ruben, car M. Lemaire l'a modernisée en la coiffant à la napolitaine, un poignard dans les cheveux. Ce buste est modelé avec une grande puissance d'ébauchoir et fait deviner un artiste sérieux qui, si je ne me trompe, se révèlera quelque jour par une œuvre à succès. Le buste de M. M... est bien jeté, bien étudié et d'un beau caractère.

⁂

Jules Mabille, *de Valenciennes*. — Un délicieux buste de femme en plâtre teinté et un buste en marbre que son auteur aurait pu intituler : *l'Enfant à la Poupée*, tel est le bilan de l'envoi de M. Mabille.

L'*Enfant à la poupée* est une œuvre puérile ; M. Mabille a eu grand tort de l'exécuter en marbre, ou tout au moins de l'exposer. Ces sortes de fantaisies, qu'un artiste sérieux est parfois forcé d'entreprendre, pour contenter quelque Prud'-homme opiniâtre, lui jouent le plus souvent un mauvais tour, lorsqu'elles franchissent le seuil du salon bourgeois où elles devraient rester confinées

M. Mabille est un sculpteur de talent qui certainement peut beaucoup mieux.

⁂

Emile Truffot, *de Valenciennes.* —
Portrait de Mlle L... T..., buste platre. Plus
heureux que M. Mabille, son concitoyen,
M. Truffot, a pu trouver un délicieux
modèle, et n'a eu qu'à en copier fidèlement
les traits pour produire une œuvre charmante. Ce ravissant minois féminin, ouvert
et honnête, est rendu avec un grand bonheur d'expression ; mais, comme dans les
bustes de M. Carlier, la partie inférieure
est complétement sacrifiée et les draperies
qui la terminent semblent estampées sur
quelque magot du Tyrol.

Nos sculpteurs ne se doutent guère que
ce procédé, assez inexplicable, donne à
leurs oustes une inégalité choquante, très
nuisible à l'effet d'ensemble.

Architecture.

==

Denis Darcy, *du Cateau.* — Le Nord ne compte que deux architectes parmi les exposants. Cette abstention significative est due en grande partie au peu de cas que semble faire le jury de tout ce qui n'est pas peinture et sculpture. La place réservée aux architectes, graveurs, etc., est tout simplement dérisoire; aussi, leurs envois sont-ils de plus en plus restreints.

Les deux châssis de M. Darcy destinés à la reconstruction de la chapelle de la vierge, à Saint-Omer, sont savamment dessinés. Le projet d'autel gothique, surmonté d'une vierge-mère, offre un aspect très satisfaisant. Exécuté ainsi, il ne pourra que rehausser la beauté de l'antique cathédrale audomaroise.

* * *

Henri Parent, *de Valenciennes.* — M. Parent est, actuellement, un de nos meilleurs architectes Français. On se souvient du succès complet qu'il obtint, l'an dernier, avec le projet de réédification de l'Hôtel-de-Ville, travail que j'ai apprécié longuement à cette époque. L'architecte valenciennois nous donne cette année trois châssis, offrant les plans de reconstruction du pont de la Concorde. D'après ces dessins remarquablement étudiés, il serait élevé sur chaque pile du pont, des pyramides à jour, en bronze, ornées de proues de navires (armes de la vi le de Paris), et surmontées d'un globe lumineux. Aux têtes du pont figureraient quatre colonnes rostrales, en bronze, aux chapiteaux surmontés d'un groupe de lions, couronnés par un quadruple cadran lumineux. Bien que d'une importance secondaire, cette remarquable composition ne peut qu'ajouter à la réputation de l'excellent architecte valenciennois.

Gravure.

===

Léopold Desbrosses, *de Bouchain.* —
Parmi les quelques *aqua-fortistes* toujours présents sur la brèche, je dois citer
en première ligne M. Desbrosses, talent
très apprécié par les connaisseurs — Il me
souvient du *Waterloo* qu'il exposa en 1870,
page admirable dans laquelle la terrible
bataille semble avoir pour théâtre une
nuée fantastique où tout s'enlace, se heurte et se confond. — Cette eau forte obtint
un éclatant succès et grandit beaucoup la
vogue du méritant artiste.

De bien moindre importance est son *Soleil couchant*, très remarqué, cependant,
pour sa grande finesse d'exécution.

Lithographie.

Gustave Barry, *d'Avesnes* — Ainsi que M. Desbrosses, M. Barry est un artiste d'une valeur incontestée — Sa lithographie, *le Printemps*, exécutée d'après la belle gravure de notre concitoyen, M. Leroy, est d'une grande pureté de lignes.

⁂

Alfred Robaut, *de Douai*. — Je n'ai plus, pour terminer ce travail, que des éloges sincères à adresser à M. Robaut, qui, resté fidèle à la mémoire de Delacroix, en recueille pieusement les moindres souvenirs. — Je signalerai parmi les quatorze croquis autographiés à la plume, une très belle copie du *Centaure* du maître regretté. Ils sont rares les hommes de talent qui comme M. Robaut, se dévouent ainsi à l'utile reproduction des œuvres d'un maître et l'on ne saurait trop les signaler à la reconnaissance des véritables amateurs.

A. D.

Lille, le 20 juin 1874.

Lille, imp. J. Petit, rue Basse, 54.